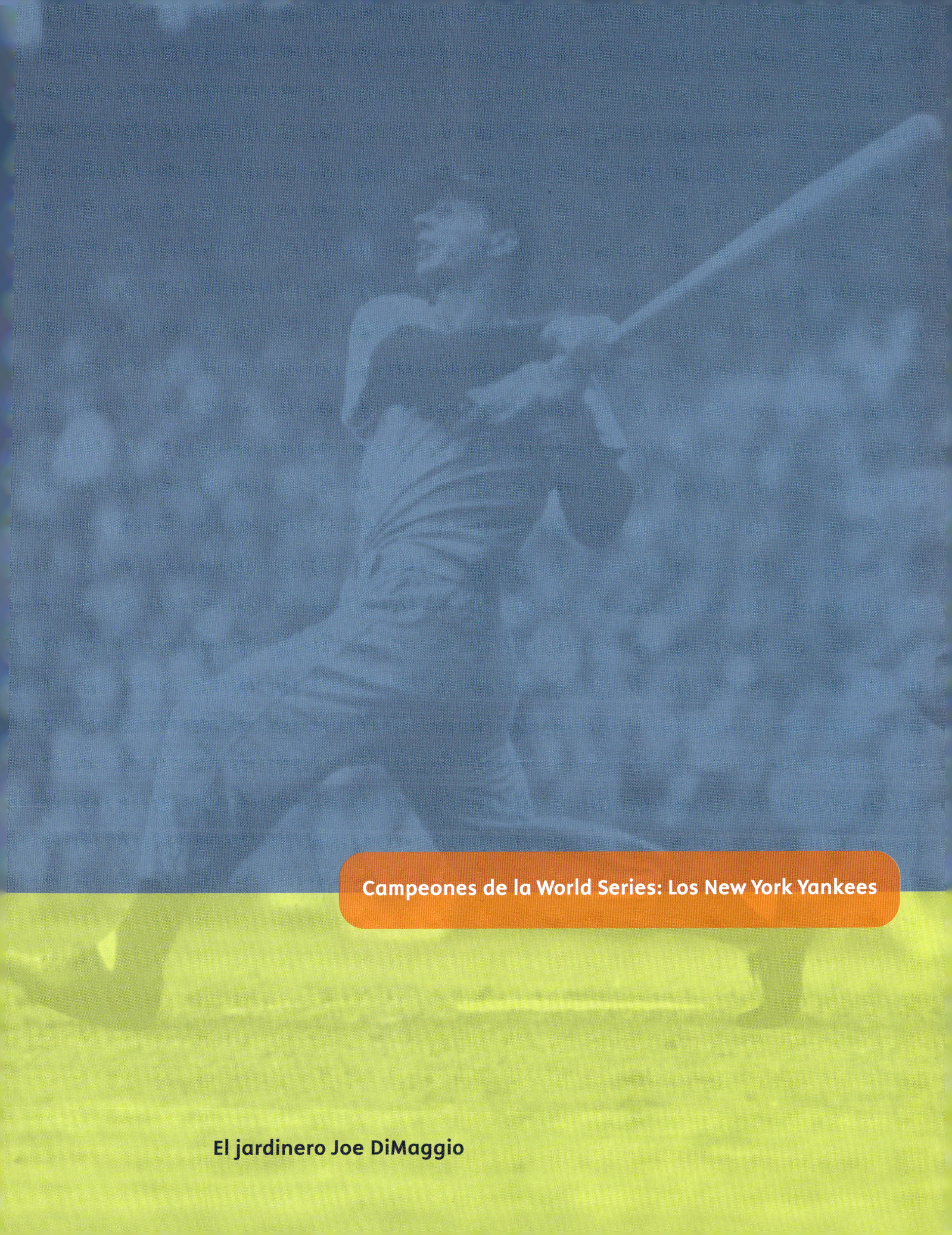

El jardinero Joe DiMaggio

El segunda base Gleyber Torres

CAMPEONES DE LA WORLD SERIES

LOS NEW YORK YANKEES

MICHAEL E. GOODMAN

CREATIVE EDUCATION/CREATIVE PAPERBACKS

Publicado por Creative Education y Creative Paperbacks
P.O. Box 227, Mankato, Minnesota 56002
Creative Education y Creative Paperbacks son marcas editoriales de The Creative Company
www.thecreativecompany.us

Dirección de arte por Tom Morgan
Diseño y producción por Ciara Beitlich
Editado por Joe Tischler

Fotografías por Alamy (Aflo Co. Ltd.), Corbis (Focus on Sport), Dreamstime (Songquan Deng), Getty (Diamond Images, Chris McGrath, Jim McIsaac, Rich Pilling, Vaughn Ridley, Robert Riger, Transcendental Graphics)

Library of Congress Cataloging-in-Publication Data
Names: Goodman, Michael E., author.
Title: Los New York Yankees / [by Michael E. Goodman].
Description: [Mankato, Minnesota] : [Creative Education and Creative Paperbacks], [2024] | Series: Creative sports. Campeones de la World Series | Includes index. | Audience: Ages 7-10 years | Audience: Grades 2-3 | Summary: "Elementary-level text and engaging sports photos highlight the New York Yankees' MLB World Series wins and losses, plus sensational players associated with the professional baseball team such as Aaron Judge"-- Provided by publisher.
Identifiers: LCCN 2023015564 (print) | LCCN 2023015565 (ebook) | ISBN 9781640269514 (library binding) | ISBN 9781682775011 (paperback) | ISBN 9781640269750 (ebook)
Subjects: LCSH: New York Yankees (Baseball team)--History--Juvenile literature. | Yankee Stadium (New York, N.Y.)--History--Juvenile literature. | Shea Stadium (New York, N.Y.)--History--Juvenile literature. | Polo Grounds (New York, N.Y.)--History--Juvenile literature. | World Series (Baseball)--History--Juvenile literature. | American League of Professional Baseball Clubs--Juvenile literature. | Major League Baseball (Organization)--History--Juvenile literature. | Baseball--New York (State)--New York--History--Juvenile literature.
Classification: LCC GV875.N4 G6718 2024 (print) | LCC GV875.N4 (ebook) | DDC 796.357/64097471--dc23/eng/20230412

Impreso en China

Campeones de la World Series de 2009

El lanzador Gerrit Cole

CONTENIDO

El hogar de los Yankees

New York es la ciudad más grande de los Estados Unidos. Cerca de nueve millones de personas viven allí. Muchas son aficionados del béisbol que adoran a los Yankees. Llenan el **estadio** Yankee Stadium para ver jugar a su equipo.

Los New York Yankees son el equipo más exitoso en la historia del béisbol de la Major League Baseball (MLB). Son parte de la División Este de la American League (AL). Sus mayores **rivales** son los Boston Red Sox. Todos los equipos de la MLB intentan ganar la World Series para convertirse en campeones. ¡Los Yankees han ganado 27 **títulos** de la World Series!

El jardinero Mickey Mantle

Nombrando a los Yankees

El primer campo local del equipo estaba en una colina alta. Así que los jugadores se llamaban los Highlanders. Los periodistas deportivos pensaron que ese nombre era demasiado largo para usarlo en sus artículos. Llamaron al club los Yankees, o los Yanks. En 1913, los dueños del equipo cambiaron oficialmente el nombre.

El jardinero Babe Ruth

Historia de los Yankees

New York jugó su primera temporada en 1903. Siguieron años de altibajos. La suerte del equipo cambió en 1920. El potente jardinero Babe Ruth llegó por un acuerdo con los Boston Red Sox. Inmediatamente, comenzó a establecer récords de jonrones. Ruth llevó a los Yankees a tres títulos de la World Series durante la década de 1920.

Los Yankees ganaron cinco campeonatos más en la década de 1930. El primera base Lou Gehrig jugó en todos los partidos durante 13 temporadas consecutivas. El jardinero Joe DiMaggio fue una estrella con el bate y en el jardín. Más tarde, el jardinero Mickey Mantle y el catcher Yogi Berra elevaron aún más al equipo. Ayudaron a los Yankees a ganar cinco World Series consecutivas desde 1949 a 1953. Para 1962, ¡Nueva York tenía 20 trofeos!

Los Yankees entraron en un **slump** después de eso. Finalmente ganaron dos títulos más en 1977 y 1978. El jardinero y bateador Reggie Jackson abrió el camino.

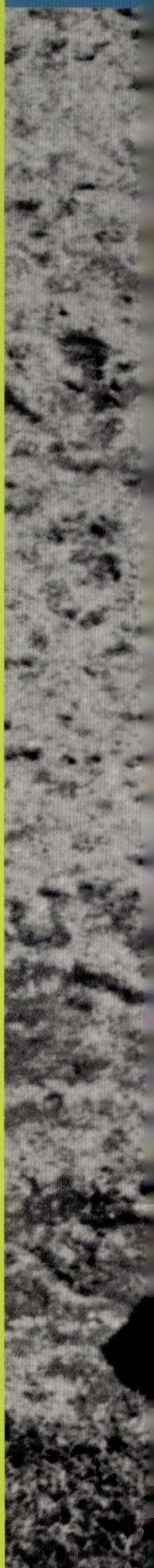

El catcher Yogi Berra

El campocorto Derek Jeter

Luego, a partir de 1995, los Yanks llegaron a las **eliminatorias** durante 13 años consecutivos. Joe Torre fue el mánager durante 12 de esos años. El equipo también ganó cuatro títulos más.

Los Yankees han tenido un récord ganador cada temporada en la década de 2000. El capitán del equipo durante muchos de esos años fue el campocorto Derek Jeter. Golpeó más de 3400 hits durante su carrera con los Yankees. El súper relevista Mariano Rivera salvó 652 partidos. Eso es lo máximo en la historia del béisbol.

Otras estrellas de los Yankees

Los Yankees han tenido muchos lanzadores estrella. Whitey Ford fue un gran ganador en la década de 1950. Ron Guidry estrelló la década de 1970. C. C. Sabathia fue excelente en la década de 2010.

El primera base Don Mattingly ganó premios por su bateo y su defensa. Los aficionados de los Yankees lo llamaban "Donnie Baseball."

El primera base Don Mattingly

El jardinero Aaron Judge

El jardinero Aaron Judge bateó 62 jonrones en 2022. ¡Los aficionados esperan que pueda ayudar a los Yankees a volver a ser campeones pronto!

Glosario

eliminatorias: partidos que juegan los mejores equipos después de una temporada para ver quién será el campeón

estadio: un edificio con niveles de asientos para los espectadores

rival: un equipo que juega muy duro contra otro equipo

slump: un período de tiempo cuando un equipo pierde más partidos de los que gana

título: otra forma de decir campeonato

Sobre los Yankees

Comenzaron a jugar en: 1903

Liga/división: Liga Americana, División Este

Colores del equipo: azul marino y blanco

Estadio local: Yankee Stadium

Sitio web de los New York Yankees: www.mlb.com/yankees

CAMPEONATOS DE LA WORLD SERIES:

1923, 4 juegos a 2, venciendo a los New York Giants
1927, 4 juegos a 0, venciendo a los Pittsburgh Pirates
1928, 4 juegos a 0, venciendo a los St. Louis Cardinals
1932, 4 juegos a 0, venciendo a los Chicago Cubs
1936, 4 juegos a 2, venciendo a los New York Giants
1937, 4 juegos a 1, venciendo a los New York Giants
1938, 4 juegos a 0, venciendo a los Chicago Cubs
1939, 4 juegos a 0, venciendo a los Cincinnati Reds
1941, 4 juegos a 1, venciendo a los Brooklyn Dodgers
1943, 4 juegos a 1, venciendo a los St. Louis Cardinals
1947, 4 juegos a 3, venciendo a los Brooklyn Dodgers
1949, 4 juegos a 1, venciendo a los Brooklyn Dodgers
1950, 4 juegos a 0, venciendo a los Philadelphia Phillies
1951, 4 juegos a 2, venciendo a los New York Giants
1952, 4 juegos a 3, venciendo a los Brooklyn Dodgers
1953, 4 juegos a 2, venciendo a los Brooklyn Dodgers
1956, 4 juegos a 3, venciendo a los Brooklyn Dodgers
1958, 4 juegos a 3, venciendo a los Milwaukee Braves
1961, 4 juegos a 1, venciendo a los Cincinnati Reds
1962, 4 juegos a 3, venciendo a los San Francisco Giants
1977, 4 juegos a 2, venciendo a los Los Angeles Dodgers
1978, 4 juegos a 2, venciendo a los Los Angeles Dodgers
1996, 4 juegos a 2, venciendo a los Atlanta Braves
1998, 4 juegos a 0, venciendo a los San Diego Padres
1999, 4 juegos a 0, venciendo a los Atlanta Braves
2000, 4 juegos a 1, venciendo a los New York Mets
2009, 4 juegos a 2, venciendo a los Philadelphia Phillies

El jardinero Reggie Jackson

Índice